FUSSGESCHICHTEN
Sopi von Sopronyi

Inhalt

Vorwort: Germaine Acogny — 5

Einleitung — 7

Sopi von Sopronyi — 9

Fotos: Katalin von Sopronyi & Sopi von Sopronyi — 19

Liebe — 90

Nachwort — 92

Bildnachweis — 94

Impressum — 104

Germaine Acogny © Antoine Tempé

Vorwort

Das Buch "Fußgeschichten" lenkt unsere Aufmerksamkeit auf die Füße, den entferntesten Teil unseres Körpers, oft weit weg von unseren Gedanken.

Und doch sind sie ständig in unseren Diensten, tragen uns durch den Tag, durch die Welt, ganz gleich auf welchem Untergrund, ganz gleich in welchem Schuhwerk.

Und – sie erlauben uns, das für mich schönste Metier auszuüben, das der Tänzerin.

Da können unsere Füße kreativ sein, uns animieren zu Sprüngen und Pirouetten, durch sie nehmen wir die Energie auf, die unseren Tanz lebendig werden lässt.

Bei uns im Senegal, in der Ecole des Sables, dem Ausbildungszentrum für afrikanische Tänzer, ist es der Sand, welcher uns die Existenz unserer Füße bewusst macht.
Er gibt nach und gibt dennoch Halt.
Nach der Arbeit sehen wir die Fußspuren im Sand und man kann darin lesen.
Ich liebe dieses Verhältnis: Füße – Sand – Energie – Bewusstsein.

Ich wünsche jedem Leser dieses wunderbaren und sensiblen Buches eine neue und bewusstere Beziehung zu den eigenen Füßen und damit zum eigenen Leben zu bekommen.

Germaine Acogny

Germaine Acogny © Sopi von Sopronyi

Einleitung

Die Chancen zu lernen bekommt jeder im Laufe des Lebens. Lebensgeschichten sind so vielfältig, wie es unterschiedliche Füße gibt.

Manchen ist es vergönnt durch das Tanzen andere zu erfreuen.
Manche tanzen durch das Leben und sei es mit einer Last.
Andere könnten tanzen, wenn sie ihr Glück erkennen würden.
Kinder tanzen unaufgefordert, frei und geben ihrer Seele Flügel.

Gehe Deinem Glück mutig entgegen, denn in der Stagnation wirst Du es kaum finden.
So werden Deine Füße bunte Geschichten erleben.

Der allumfassenden Liebe gewidmet.

Marion Luserke und Sopi von Sopronyi

Sopi von Sopronyi

Zeichen

Frühling 2011. Ein Blick aus dem Hotel Fenster, hinauf auf die Burganlage, wo dein Zuhause war. Unter uns die Ilz. Wir lehnen am Fensterbrett und bewundern das Licht. Die untergehende Sonne färbt die Burgsilhouette märchenhaft. Schweigend sind wir in Gedanken vertieft. Ein heftiges Platschen lässt uns aufhorchen. Tatsächlich, es ist ein Biber, der zu uns hoch schaut. Er taucht verspielt unter, dreht einen Kreis, taucht wieder auf und blickt erneut zu uns hoch.

Katalin, ist das ein Zeichen von dir? An deinem Lieblingsfluss, wo Du jedes Jahr im Sommer die erste und letzte Badende warst?

Genau so wie Max, ein Freund, der sich einen Tag nach seinem Tod als Kauz zeigte. Den ganzen Tag saß dieser große Vogel auf einem Baum, unmittelbar vor meinem Fenster. Duldsam, genauso wie Max, war der Kauz, selbst als die Raben ihn attackierten. 18 Jahre wohnte ich in Tegernsee und nie habe ich einen Kauz gesehen.

Omen zu erhalten, von Menschen die gerade aus dem Leben gegangen sind, gleicht einem Wunder.

Du Katalin bist am 11.02.2011 von uns in die geistige Welt gereist.

Katalins Vermächtnis

Meine Schwester Katalin wollte nicht, dass ihre Fotos mit ihr sterben.
Sie sollten nicht einfach ungesehen vergessen werden. Mein Ehrenwort sie in einem Buch zu präsentieren, war ihr schließlich Trost.

Kaum wurde mir das Ausmaß meines Versprechens bewusst, meldete sich Unsicherheit. Besser gesagt Panik. Plötzlich unvorstellbar! Ich habe noch nie ein Buch geschrieben! Entschlossenheit gab mir Mut, aber die Frage drängte sich auf, was soll ich schreiben und wer wird dieses Buch lesen?
Die Tatsache, dass es bereits ca. 100 Millionen Bücher gibt, in die ich mich jetzt mit Katalins „Fußgeschichten" einreihen soll, weckte allerdings meinen Kampfgeist.
„Katalin hilf mir", rief ich laut und es wurde mir bewusst, es war das erste mal, dass ich meine sieben Jahre jüngere Schwester um Hilfe bat.

Ruhe bewaren... dachte ich... denke logisch. Sammle alles aus ihrem Vermächtnis zusammen, das dir jetzt zur Verfügung steht.
Da stehe ich nun vor ihrem verschlossen Mac Mini. Wo ist bloß das Passwort notiert? Ihre geschriebenen Notizen haben wir verbrannt, so wie Katalin es wollte. Also bleiben mir nicht viele Möglichkeiten. Nachdenken! So hole ich die intensive, traurige Zeit der letzten Begleitung in meiner Erinnerung wieder und wieder zurück. Eine Nummer erwähnte sie mir als sehr wichtig und deutete mit ihrem schmalen Finger darauf. Aber, wo war das noch aufgeschrieben?

„Katalin hilf mir!"
Ach ja, ihr Adressenbuch. Das kleine Buch habe ich behalten, als Verbindung zu Katalin.

Die geheime Nummer stimmt. Der Sesam öffnet sich und ihr ganzes lebendiges Leben mit ihm. Briefe, Dokumente, Fotos, Filme, Freunde, gesammelte Adressen von Begegnungen in aller Welt. Reisebekanntschaften. Also ist meine allernächste Aufgabe diesen Menschen die traurige Nachricht ihres Todes zu überbringen und Fragen zu beantworten.
Tage vergehen.
Auf der Suche nach den Fußfotos tauche ich in die virtuelle Welt von Katalin ein. Geordnet a la Katalin. Alphabetisch, unterteilt in Ordner und nochmals in Unterordner... unterbrochen von diversen Abkürzungen, welche mich in eine neue Richtung lenken, in ein Labyrinth, das nicht selten in einer „Sackgasse" endet. Und siehe da: Strudelteig Rezept auf Ungarisch. - Kann ich mal ausprobieren. - Die Möglichkeit von no smoking - Schilder kostenlos zum Herunterladen. - Ungewöhnlich für eine Raucherin... -
Tage vergehen.
Neugierig, bald ungeduldig, öffne ich den Ordner Film:
Ordner Natur: mit einem Mal sitze ich mit Katalin und ausgelassenen, fröhlichen jungen Leuten in einem Boot auf der Ilz. Dann beeindruckend, vielmehr mystisch, ein laut tosendes Gewitter, aufgenommen von ihrer Terrasse aus... Ordner Job: bunt bemalte lachende Kinder... feierliche Hochzeitszeremonie... Requisit rotes Sofa, auf dem sich die verschiedensten Menschen posieren. In den Ordner Mixed wage ich mich heute noch nicht hinein. Ordner Events: INNtöne Jazzfestivals, internationale

Künstler Porträts... Ordner Ausstellungen: Unterordner Passau: Strukturwelten, Fußgeschichten... Ordner Stadt: versetzt mich wundersamer Weise nach Indien an den Paradisebeach. Eine barfüßige junge Frau die Poi spielt zu Sitar Musik mit verklärtem Gesicht im Sonnenuntergang... Ombeach: ach es ist Katalin in Gesellschaft von einem Stier Kälbchen, das gerade das Springen für sich entdeckt, im Hintergrund ihr entzücktes Lachen... dem meine Tränen folgen...
Und der Ordner Ich: 1998 – 2010. Meine Schwester in ihrer gesamten Vielfalt. Großteils Selbstporträts.

Einen anderen Tag stoße ich auf Gedichte, auf Zitate die sie offenbar berührten und inspirierten. Musik kreuz und quer durch alle Länder, durch alle Richtungen. Unbegrenzt, passend zu jeder Stimmung.
Und weitere Fotos. Sehr vieles bemerkt, wahrgenommen und alles festgehalten. Buchstäblich alles was vor Katalins Linse kam!

Wochen vergehen. Erschöpft, denn das Sitzen vor einem Bildschirm entspricht gar nicht meinem Wesen.
Und endlich die Füße.
Ich werde belohnt für meine Sitzhaftigkeit. Beeindruckt und gerührt zu gleich von den Abbildungen der so sehr verschiedenen Menschen – Füße.
Nun, Qual der Wahl.
Zur Auswahl der Fuß – Fotos bitte ich meine Freundin Marion um Hilfe.
Objektiv zu entscheiden, die „besten" Aufnahmen aus zu suchen stellt uns vor eine

nicht leichte Aufgabe. Welche hätte Katalin gewählt? Und mit welchen Kommentaren? Wie kann ich sie dem Betrachter näher bringen?

Über die Entstehung ihrer Bilder hat sie uns nicht so viel erzählt. Warum hat sie ihren Blick ausgerechnet auf Füße gerichtet? Warum, warum? Viele Fragen, auf die wir keine Antwort mehr bekommen...
Erstaunlich rasch finden wir jene Fotos aus ihrem enormen Fundus, die uns am meisten berühren. Oder finden uns die Fotos?
Katalins ungeschminkte Präsentation veranlasste mich dazu einen neuen Computer und einen aktuellen Photoshop zu kaufen. Die Arbeit beginnt. Vermutlich für Monate.
Hilfreich ist, dass Katalin ihre letzte Ausstellung „Fußgeschichten" nannte.
Somit ist der Titel schon mal da.

Also ziehen wir uns zurück, uns unseren Gefühlen überlassend in Erinnerungen an Katalin... Marion und ich schreiben. Jeder für sich. Mich holt unsere Familien Geschichte unweigerlich ein. Ich schweife ab, immer tiefer, zurück bis in unsere Kindheit. Bilder, Gerüche, gemeinsame und einsame Erinnerungen kommen. Daraus entsteht unwillkürlich „mein Buch".
Die „Fußgeschichte" der Familie Sopronyi. Das eventuelle zweite Buch, in dem ich ausschließlich aus meiner Empfindung heraus unsere geschwisterliche Bindung zueinander beschreibe.
Heftige Debatten entfachen sich immer wieder, wenn wir unsere Freunde zum Probelesen „zwingen". Marion ermutigt mich: „schreib einfach weiter, dann werden wir schon sehen..."

Gerade die Jahre, in denen Katalin fotografisch unterwegs war, war zwischen uns Sendepause. Zu viele Jahre der Funkstille. (Zweites Buch)
Wann Katalin die Freude am Fotografieren entdeckt hat, weiß ich nicht mehr. Aber ich weiß noch, dass unser jüngerer Bruder ihr seine Fotoausrüstung versprochen hatte, kurz bevor er starb.
Wie groß war ihre Enttäuschung, als sie die Kamera nicht bekam. Es ist so einfach gesagt „schenke mit warmen Händen". Schade für ihn... denn des Öfteren wird ein mündliches Vermächtnis nicht eingehalten.
So hat sie sich schließlich ihre erste Kamera selbst erspart. Zuerst eine kleine, dann mit ihrer fotografischen Entwicklung immer anspruchsvollere.

Sie erzählte mir, dass sie fotografiert und Ausstellungen plant. Ein wenig war ich skeptisch, da sie oft Pläne hatte. Welche Fotoschule besuchst du, war meine vorsichtige Frage. Ich bin Autodidakt, war ihre knappe Antwort.
Neugierig geworden, bat ich sie, zeige mir bitte deine Fotos.

Plötzlich eröffneten sich mir die reichen, bunten Motive Indiens, wie aus 1000 und einer Nacht. Im Widerspruch dazu, abgerissene Plakate, staubige Straßenläden, wackelige Hütten, schimmelige Wände und bröckelnder Putz.
Aus dem Kulturmüll in der Armut der Slums entstanden viele ihrer skurrilen, abstrakten, bizarren Strukturbilder. Ihre Aufmerksamkeit hatte sie zudem auf nackte Füße fokussiert. Zu sehen ist nicht jedem gegeben. Wie kam sie ausgerechnet auf Füße? In Nepal war ich gleichermaßen fasziniert von nackten Füßen und habe sie

ebenso fotografisch festgehalten. Telepathie, die Sprache der Seele?
Selten habe ich mich meiner Schwester so nahe gefühlt wie in ihrer letzten Lebenszeit. Jetzt, in der Entstehung unseres gemeinsamen Buches, wurde mir unsere innere Verbundenheit bewusst, die sich nun in den Bildern widerspiegeln darf. So nah und angrenzend Indien zu Nepal ist, so sind wir in diesem Band vereint.

Füße in unzähligen, alltäglichen Aktionen einzufangen war für sie elementar. Katalin hat Frauen, Kinder, Männer beobachtet in ihrem Alltag, in ihren unzähligen Tätigkeiten. Sie hat sich mit ihrer Aufmerksamkeit zu deren Wurzeln, zu deren Basis, zu den Füßen dieser Menschen begeben. Egal wo sie standen, welcher Beschäftigung sie auch nachgingen... Hierzu hat sie sich verneigt.
Diese Motive hat sie mit ihrer Wahrnehmung und in unterschiedlichstem Licht präsentiert und damit die Füße und die dazugehörigen Menschen aus der Anonymität in die Welt der Kunst gehoben.

Sopi von Sopronyi

Katalin von Sopronyi, Arambol, 2009 ©

Fotos
Katalin von Sopronyi
Sopi von Sopronyi

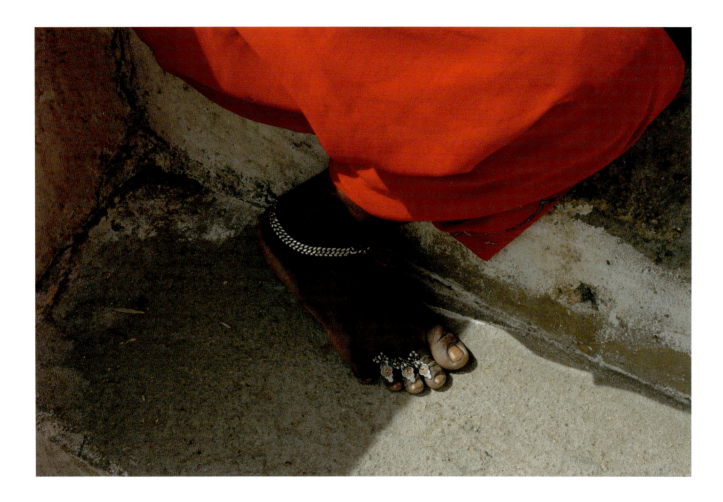

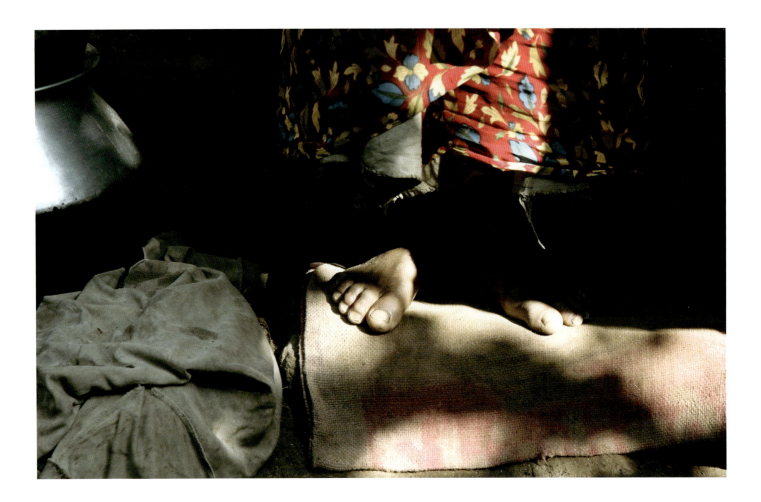

Die Liebe trägt die Seele, wie die Füße den Leib tragen.

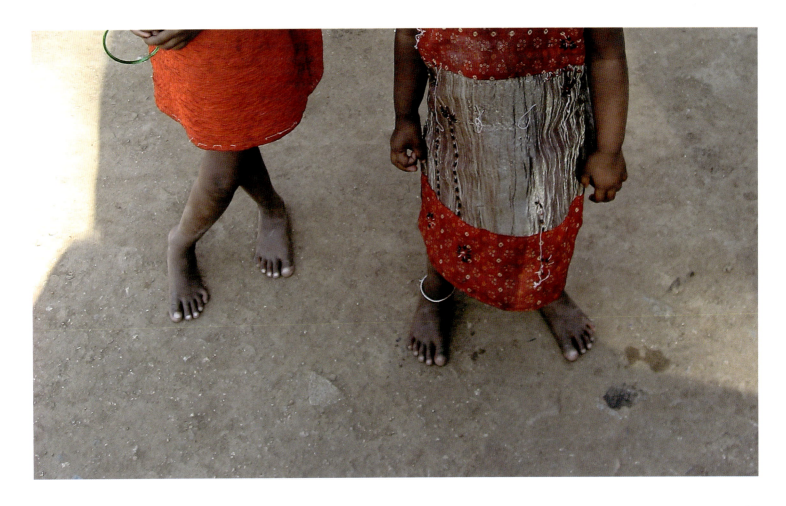

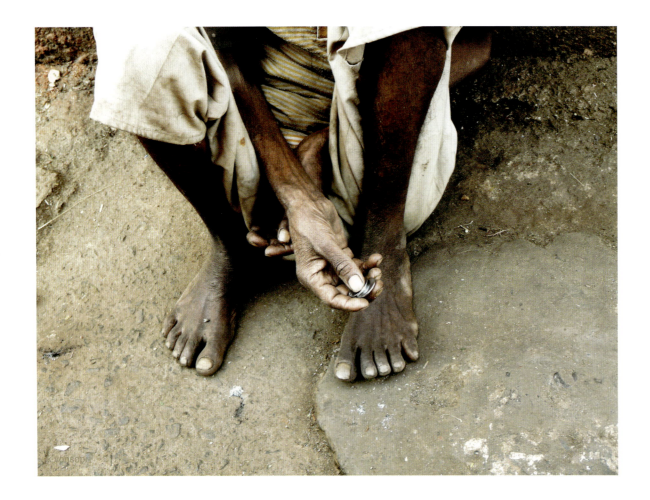

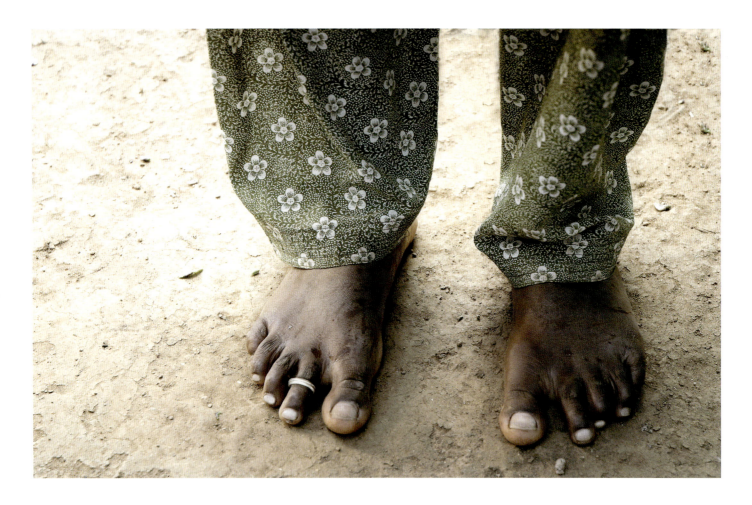

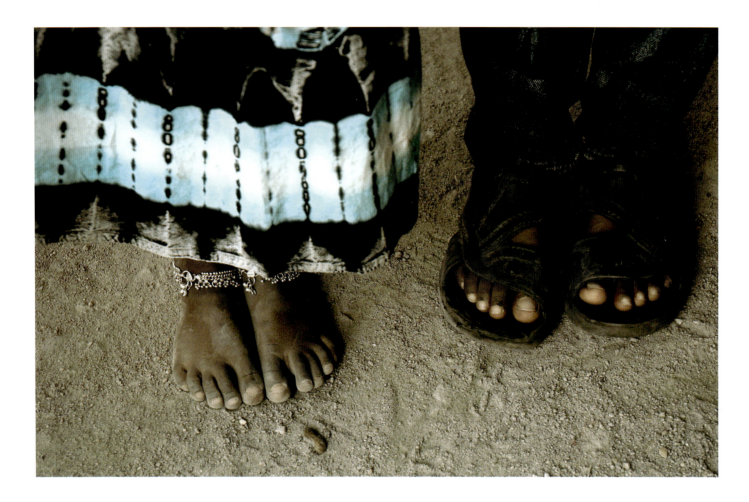

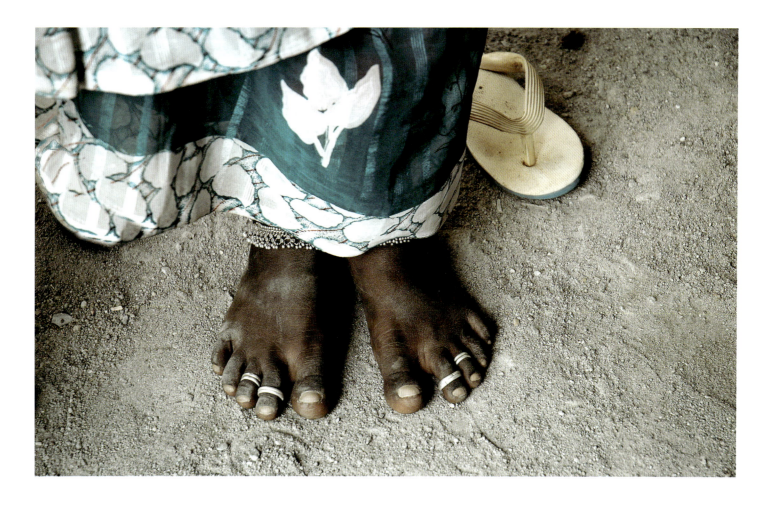

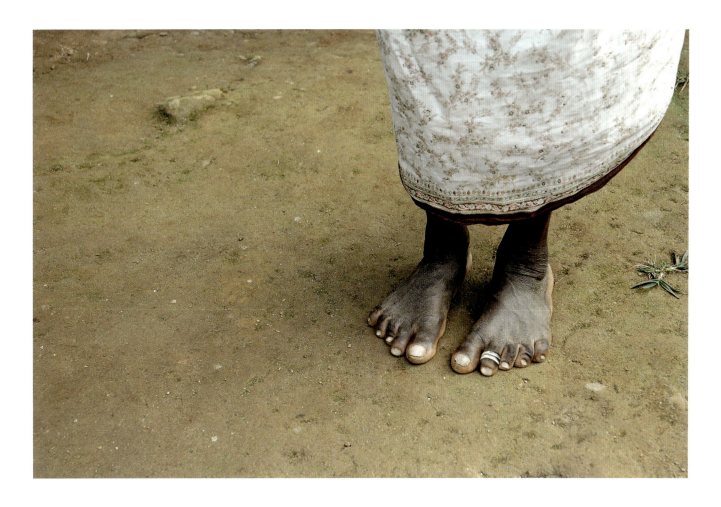

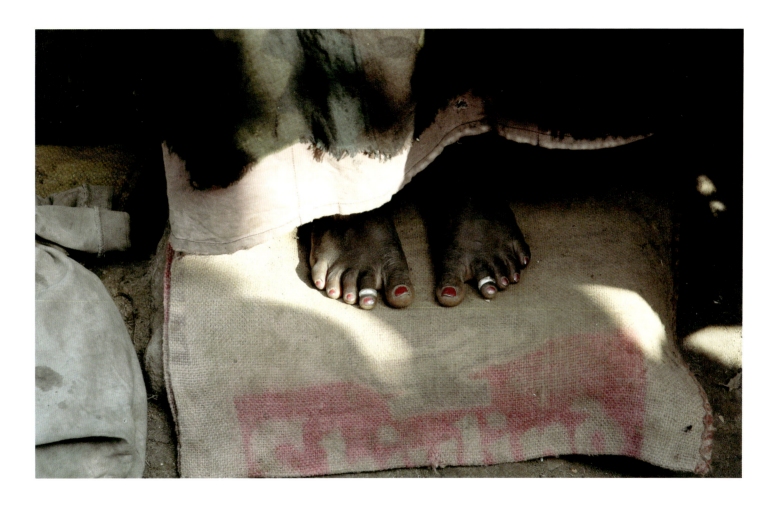

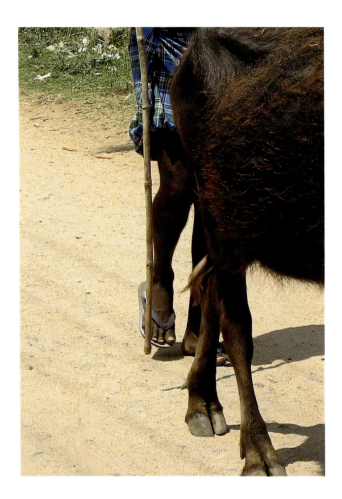

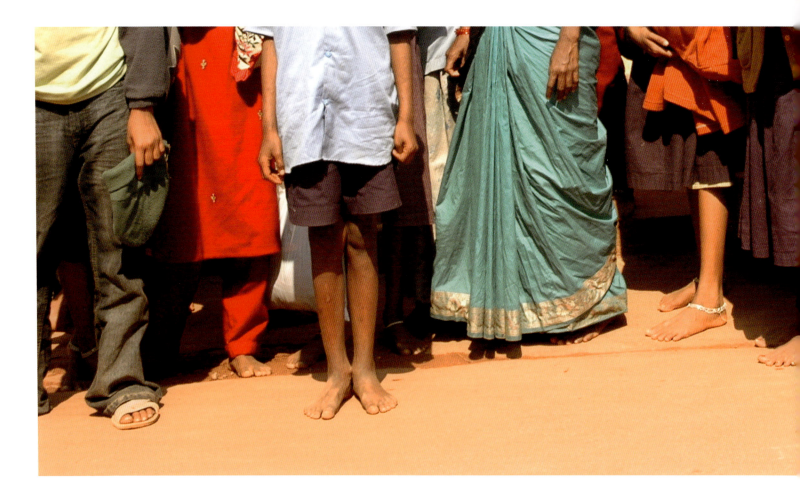

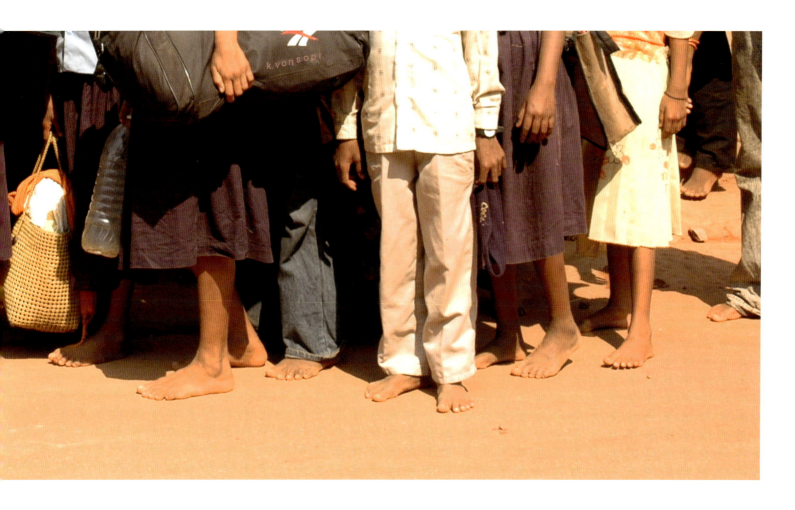

Der Fuß ist das Fundament deines Tempels in dem deine Seele wohnt.

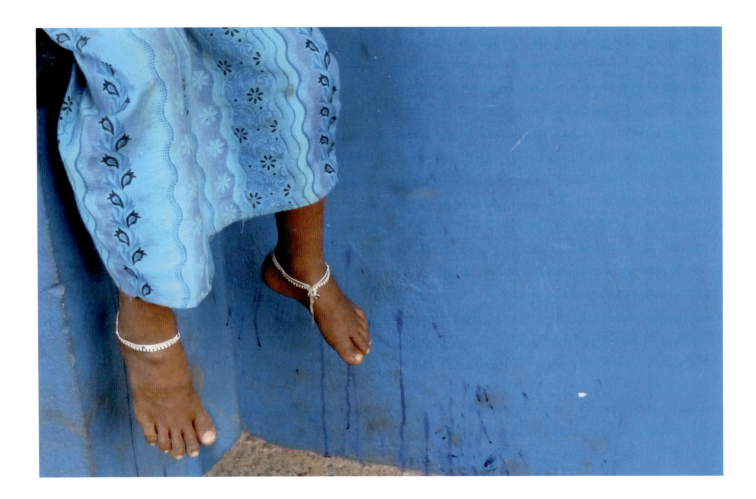

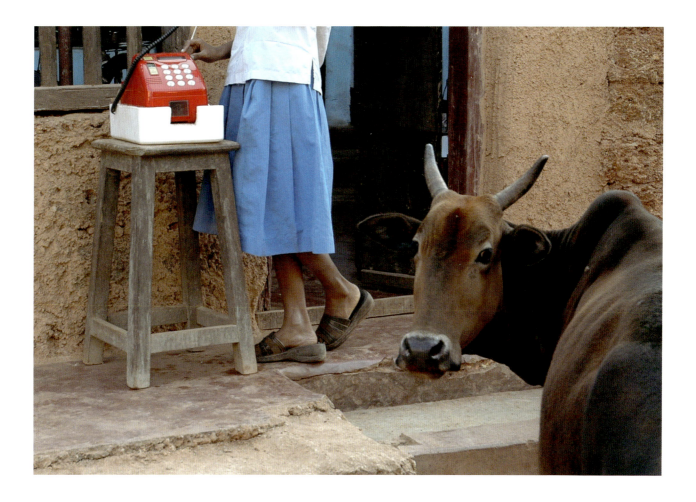

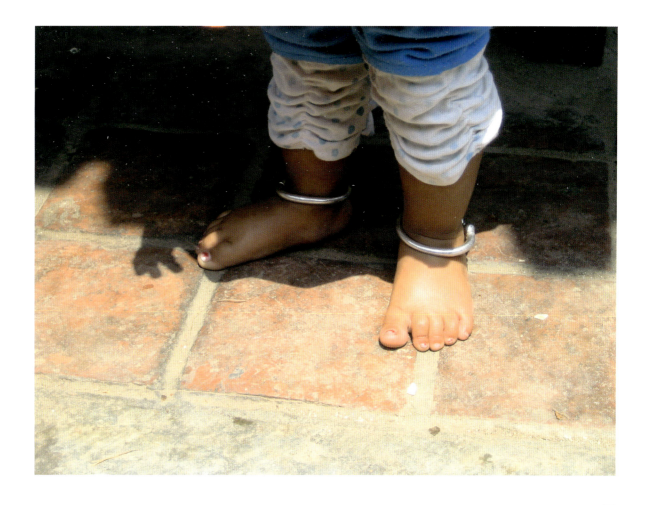

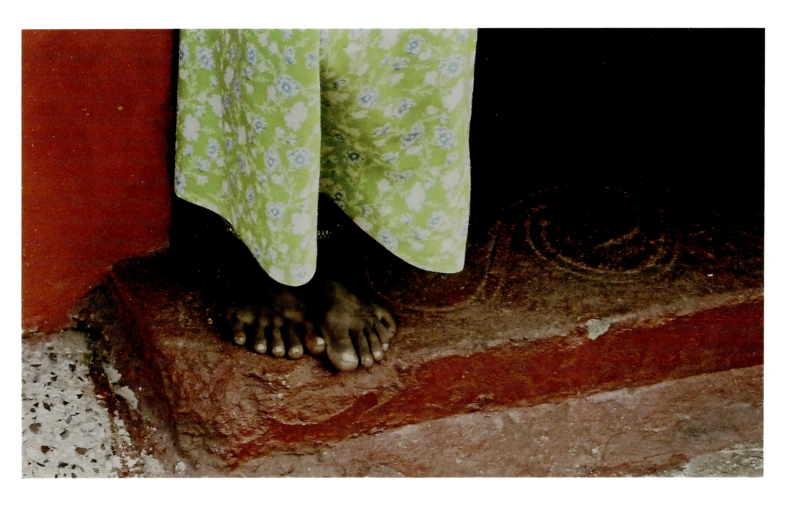

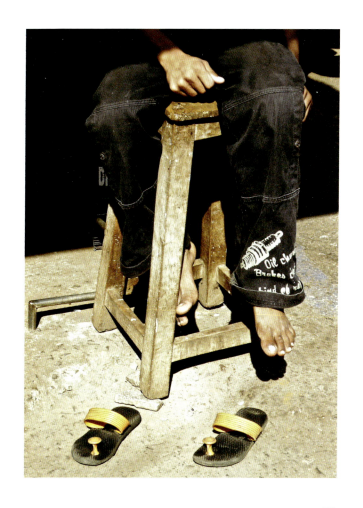

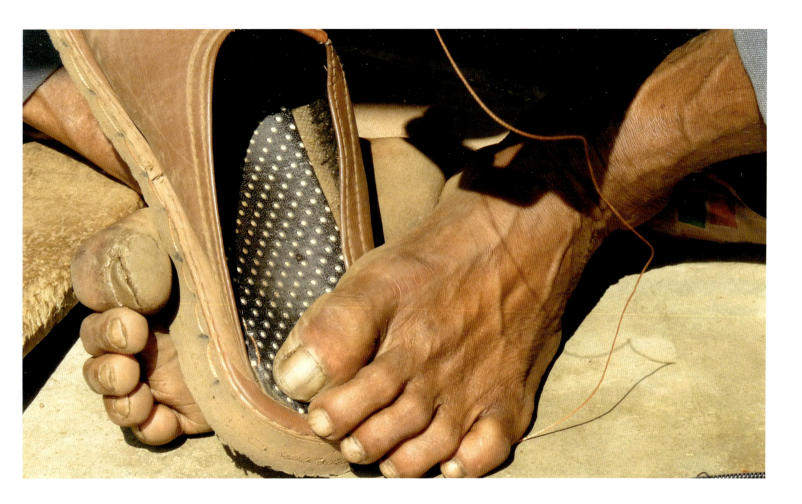

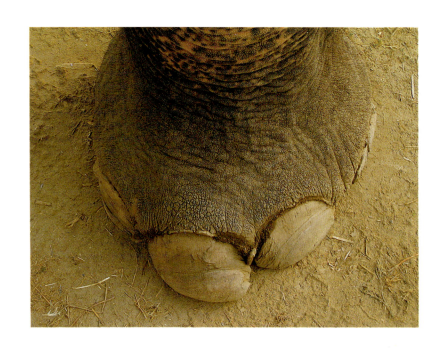

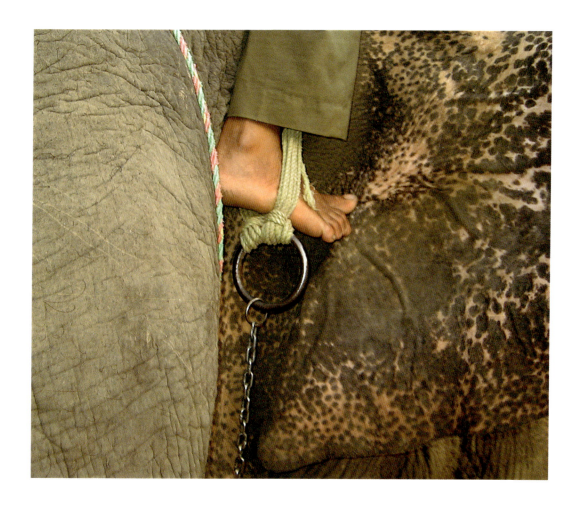

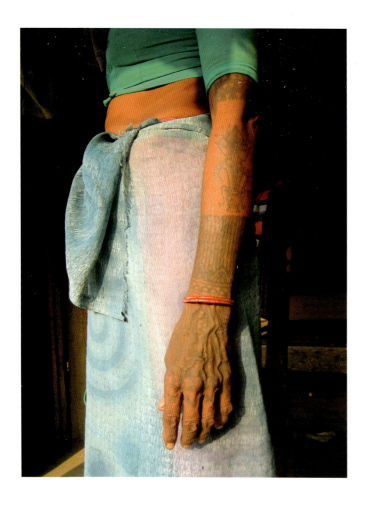

Kavitha musterte sich lange und aufmerksam auf dem Foto. Sich das erste Mal abgebildet zu sehen, berührte sie. Die hagere, kräftige, über 70 jährige Tarhu Frau, kerzengerade, würdevoll stand sie da, erhaben mit dem Erbe ihres archaischen Volkes. Dann sprach sie langsam: „Ich erinnere mich, 2 Monsune vorher wart ihr da. Danke, dass ihr euch für unser Volk interessiert. Für uns Tarhus ist Gesundheit Reichtum. Das höchste Gut, damit wir unsere Felder bestellen können. Glück heißt, unsere Familien zu umsorgen."

Das Familienglück von drei Generationen erlebten wir neugierig und freudig auf dem Boden sitzend, im Schatten ihrer Lehmhütte, bei Kartoffeln mit Salz.

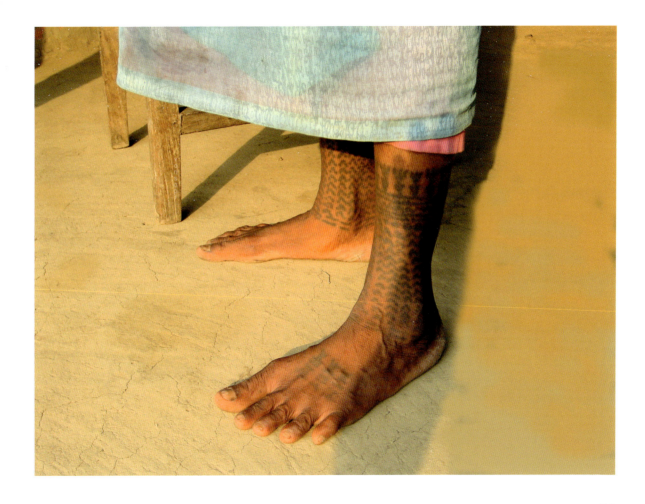

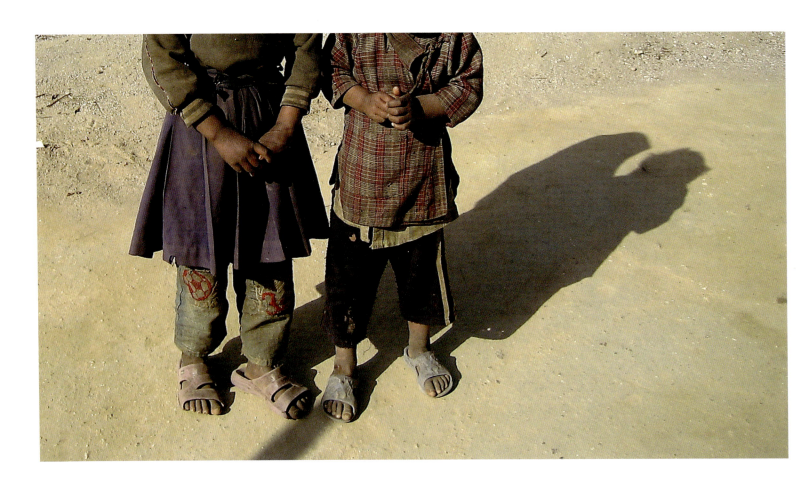

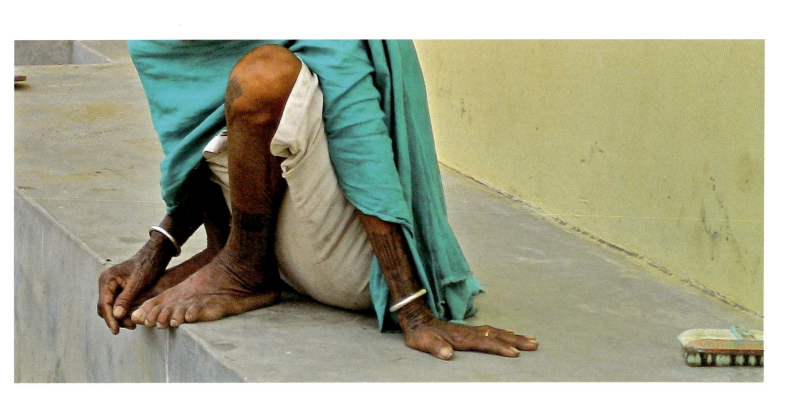

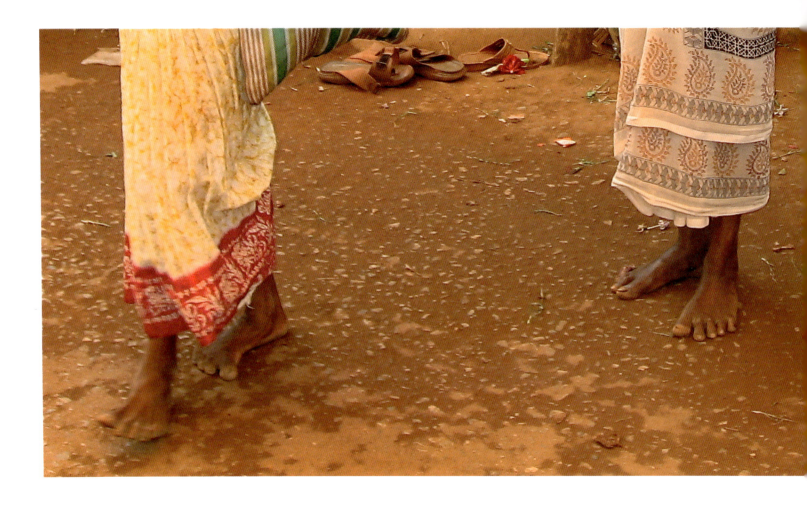

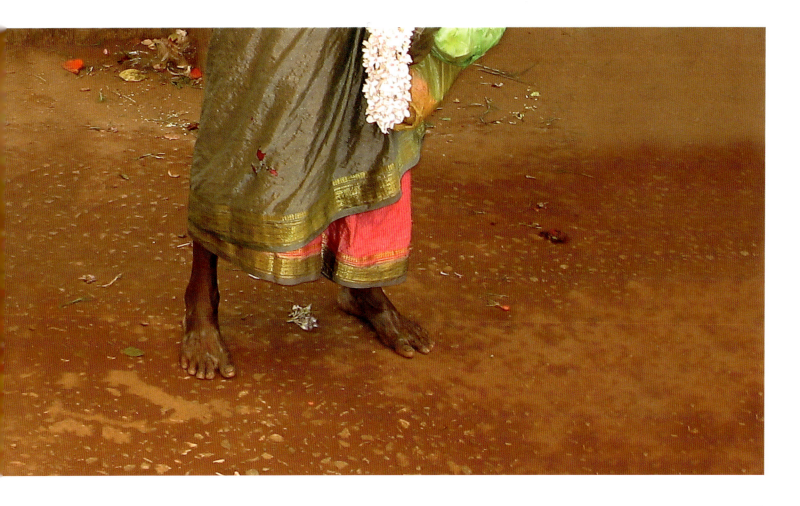

Liebe

Du hast eine schwere Zeit ertragen müssen und eine Inkarnation mit vielen Erfahrungen durchlebt. In Liebe zu dienen, ist das hohe Ziel jeder Seele. In verständnisvollem Austausch, ehrliche Stellungnahme, begründete Kritik ist ein Akt der Liebe und kann der Schlüssel der Befreiung sein.

Nun bist Du frei von irdischen Bemühungen. In liebevoller Begleitung erwarten Dich jetzt Höherentwicklung und die feinstoffliche Aufgabe das eigene Leben zu betrachten. Die allumfassende Liebe ist das Ziel, ist beglückende Wahrheit. Die Liebe ist ein lebendiges, eigenständiges Wesen, ein Kind der Freiheit. In der Schlichtheit liegt Ihre Bedeutsamkeit. Trotz widriger Zeiten, das Leben zu lieben mit höchster Achtsamkeit. In irdischen Lernprozessen die Gnade zu erkennen, was Leben bedeutet. Mitgefühl, Geduld, Schweigen wo Zuhören gebraucht wird, Zeit einander zu geben.

Bei allen Entscheidung im Leben stelle ich mir die Frage, was würde die Liebe dazu sagen?

Marion Luserke

Nachwort

Liebe Leserin, lieber Leser,

mit Freude legen wir Ihnen die „Fußgeschichten" zu Füßen.

Möge das Buch Ihre Herzen erreichen und so Erfüllung erfahren.

Katalin hat mit ihren Fotos aus Indien den Samen für dieses Buch gesetzt. Um ihrem Wunsch zu folgen, haben wir das weitere eingebracht und diese Fotos in die Öffentlichkeit begleitet, um den Samen aufblühen zu lassen.

Auf diesem Wege möchten wir Katalin und allen Fotografen und Berichterstattern unsere Wertschätzung überbringen, die all die Gefahren und damit verbundenen Strapazen einer Reisen auf sich nehmen.

Marion Luserke und Sopi von Sopronyi

Bildnachweis

SandBlume, Hampi, 2005
© Katalin von Sopronyi

RotesTuch, Delhi, 2008
© Katalin von Sopronyi

AmBrunnen, Nepal, 2009
© Sopi von Sopronyi

Amritha, Gokarna, 2008
© Katalin von Sopronyi

Tracht, Hampi, 2008
© Katalin von Sopronyi

Stickerin, Mapusa, 2009
© Katalin von Sopronyi

Tänzer, Gokarna, 2005
© Katalin von Sopronyi

Mädchen, Armbol, 2007
© Katalin von Sopronyi

Kontakt: vonsopi@t-online.de

WanderMönch, Magalore, 2005
© Katalin von Sopronyi

4 Mönche, Mapusa, 2009
© Katalin von Sopronyi

SchmuckHändler, Arambol, 2009
© Katalin von Sopronyi

Mädchen, Gokarna, 2007
© Katalin von Sopronyi

KlassenAusflug, Gokarna, 2007
© Katalin von Sopronyi

Violette, Arambol, 2007
© Katalin von Sopronyi

WasserSpiegelung, Hampi, 2008
© Katalin von Sopronyi

FischFang, Arambol, 2009
© Katalin von Sopronyi

FischerNetz, Hampi, 2007
© Katalin von Sopronyi

Fischer, Hampi, 2005
© Katalin von Sopronyi

Fischer 2, Hampi, 2005
© Katalin von Sopronyi

Bettler, Mapusa, 2006
© Katalin von Sopronyi

YogiInWeiß, Hampi, 2007
© Katalin von Sopronyi

Hira, Madikeri, 2008
© Katalin von Sopronyi

Doma, Madikeri, 2008
© Katalin von Sopronyi

Kontakt: vonsopi@t-online.de

JungesPaar, Arambol, 2007
© Katalin von Sopronyi

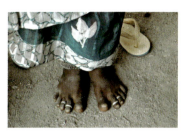
WeißeBlume, Arambol, 2007
© Katalin von Sopronyi

Maili, Mapusa, 2009
© Katalin von Sopronyi

Amritha, Madikeri, 2008
© Katalin von Sopronyi

GroßVater, Arambol, 2007
© Katalin von Sopronyi

Meena, Gokarna, 2008
© Katalin von Sopronyi

KuhHirte, Arambol, 2007
© Katalin von Sopronyi

Junge, Arambol, 2007
© Katalin von Sopronyi

Lehrer, Mapusa, 2008
© Katalin von Sopronyi

Straße, Mapusa, 2008
© Katalin von Sopronyi

BushalteStelle, Mapusa, 2009
© Katalin von Sopronyi

Maniok, Gokarna, 2007
© Katalin von Sopronyi

Nüsse, Nepal, 2011
© Sopi von Sopronyi

Kokos, Hampi, 2007
© Katalin von Sopronyi

Banana, Hampi, 2007
© Katalin von Sopronyi

Kontakt: vonsopi@t-online.de

FlowerWoman, Gokarna, 2005
© Katalin von Sopronyi

Markt, Mapusa, 2009
© Katalin von Sopronyi

ReisNudel, Thailand, 2005
© Katalin von Sopronyi

BlueBird, Arambol, 2007
© Katalin von Sopronyi

Telefon, Gokarna, 2007
© Katalin von Sopronyi

Wiege, Nepal, 2011
© Sopi von Sopronyi

BlueBaby, Patan, 2011
© Sopi von Sopronyi

Papucs, Madikeri, 2008
© Katalin von Sopronyi

RoteTreppe, Mapusa, 2007
© Katalin von Sopronyi

Siesta 2, Nepal, 2009
© Sopi von Sopronyi

Händler, Gokarna, 2004
© Katalin von Sopronyi

Barbier, Gokarna, 2004
© Katalin von Sopronyi

Barbier, Mapusa, 2007
© Katalin von Sopronyi

Mörser, Chitawan, 2011
© Sopi von Sopronyi

Kontakt: vonsopi@t-online.de

Schuster, Mapusa, 2009
© Katalin von Sopronyi

ElefantenFuß, Nepal, 2009
© Sopi von Sopronyi

ElefantenFührer, Nepal, 2009
© Sopi von Sopronyi

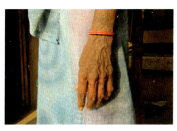
TarhuTattoo, Nepal, 2009
© Sopi von Sopronyi

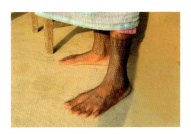
TarhuTattoo, Nepal, 2009
© Sopi von Sopronyi

Freundinnen, Nepal, 2011
© Sopi von Sopronyi

Tarhu Oma Nepal, 2011
© Sopi von Sopronyi

Fischer, Senegal, 2011
© Sopi von Sopronyi

Babu, Senegal, 2014
© Sopi von Sopronyi

Siesta 3, Nepal, 2009
© Sopi von Sopronyi

Siesta 1, Bhaktapur, 2009
© Sopi von Sopronyi

AnDerBar, Gokarna, 2008
© Katalin von Sopronyi

Mr.Gurung, Mapusa, 2009
© Katalin von Sopronyi

BlumenFrauen, Gonkarna, 2007
© Katalin von Sopronyi

BlumenHändler, Gokarna, 2007
© Katalin von Sopronyi

SopiMarion, Ägypten, 2005
© Sopi von Sopronyi

Impressum

1. Auflage 2014

© 2014 Marion Luserke & Sopi von Sopronyi, 83703 Gmund am Tegernsee

Das Werk einschließlich aller Inhalte ist urheberrechtlich geschützt. Alle Rechte vorbehalten. Nachdruck oder Reproduktion auch auszugsweise in irgendeiner Form (Druck, Fotokopie oder anderes Verfahren) sowie die Einspeicherung, Verarbeitung, Vervielfältigung sowie Verbreitung mit Hilfe elektronischer Systeme jeglicher Art, gesamt oder auszugsweise nur mit ausdrücklicher schriftlicher Genehmigung der Autoren. Übersetzungsrechte vorbehalten.

Textbetreuung: Marion Luserke

Layout, Umschlaggestaltung und Herstellung: Sopi von Sopronyi

Umschlag Foto: Katalin von Sopronyi

Fotos: Katalin von Sopronyi, Sopi von Sopronyi

Druck & Bindung: Keskeny Druckerei GmbH Hu.

ISBN: 978-3-00-044501-9